ALEXA[NDRE]

BIBI K 19

PARIS

LES DOUZE

Pièce
4° Ym
5

ALEXANDRE BLOK
LES DOUZE

Traduit du russe par
Serge Romoff

Avec sept illustrations d'après les dessins de
Michel Larionow

ÉDITION D'ART
LA CIBLE
13, RUE BONAPARTE, PARIS

Il a été tiré de cette édition 510 exemplaires
dont dix sur Chine
et cinq cents exemplaires sur Vergé d'Arches

N°

1

Soir noir.
Neige blanche.
Il vente, il vente!
On ne tient pas sur ses jambes.
Il vente, il vente!
Sur toute la terre de Dieu!

Le vent moire
La neige blanche.
Sous la neige — la glace.
Et l'on glisse. Que c'est pénible!
Tous les piétons
Glissent — Ah! les pauvrets.

D'une maison à l'autre
Une corde tendue;
Sur la corde, un placard :
« Tout le pouvoir à l'Assemblée Constituante !.. »

Une pauvre vieille se lamente et pleure,
Elle ne comprend pas ce que cela veut dire —
        Pourquoi un tel placard,
        Un chiffon si grand?
        Combien de portianki
On en pourrait faire aux enfants —
Il en est tant qui vont sans chemise et pieds nus...

        La vieille, telle une poule,
Sauta par-dessus un tas de neige.
        — Oh, Mère de Dieu — Protectrice!
— Les bolcheviks me pousseront au tombeau!

        Le vent cingle,
        Le gel ne cesse
        Et le bourgeois, au carrefour,
        Cache le nez dans son collet.

Et celui-ci? — Il a des cheveux longs
Et dit à voix basse :
        — Traîtres!
        — La Russie est perdue!
C'est un écrivain, sans doute,
        Un phraseur...

En voici un autre, en froc à longs pans,
Qui passe à l'écart, derrière le tas de neige.
— Tu n'es pas gai, à présent,
        Camarade pope?
Te souviens-tu, autrefois
Tu marchais le ventre en avant
Et ton ventre, de par ta croix,
Sur le peuple rayonnait?

Voici une dame en pelisse d'astrakan
Qui se penche vers une autre.
        — Que nous avons pleuré, pleuré...
    Elle glisse
    Et vlan! s'étale!

        Aïe! Aïe!
    Tire-la, relève-la!

    Le vent joyeux,
    Malfaisant et content,
    Entortille les jupes,
    Fauche les passants,
    Arrache, froisse, balance
    Le grand placard :

« Tout le pouvoir à l'Assemblée Constituante !.. »
Il apporte des cris :

... Nous aussi, nous avons eu assemblée...
... Dans cette maison...
... On a délibéré —
... Décidé...
... Pour un moment, dix —
Pour une nuit, vingt-cinq —
Et n'accepter moins de personne...
... Allons nous coucher...

Tard dans la soirée,
La rue devient déserte,
Seul, un vagabond
Marche, voûté.
Et le vent siffle...

Hé! le pauvre!
    Approche —
Embrassons-nous...

        — Du pain !

        — Et après ?..

        — Passe !

ВЛАСТ
СОБРА

Ciel noir, noir.

Une fureur, une triste fureur
    Soulève le cœur...
Fureur noire, sainte fureur...
Camarade! Tiens-toi
    Sur tes gardes!

2

Le vent rôde, la neige voltige,
Douze hommes marchent.

Fusils et bretelles noires...
Partout des feux, des feux, des feux...

Cigarette aux dents, casquettes aplaties,
L'as de carreau ferait bien sur leur dos!

                Liberté, liberté,
          Eh, eh, sans croix !
              Tra-ta-ta !

Il fait froid, camarades, froid.

— Vagnka et Katia sont au cabaret...
— Elle porte des « Kerenkis » dans son bas !

— Vaniouchka aussi est riche aujourd'hui...
— Il fut des nôtres, — il est soldat maintenant !

— Eh, Vagnka, bourjouï, fils de chien,
— Essaie un peu d'embrasser la mienne !

                Liberté, liberté,
          Eh, eh, sans croix !
          Kat'ka avec Vagnka est occupée,
          A quoi est-elle occupée, à quoi ?...
              Tra-ta-ta !

Partout des feux, des feux, des feux...
Enlevez les bretelles des épaules !...

Au pas révolutionnaire, marchez !
L'ennemi inlassable veille !

Camarade, tiens le fusil sans peur !
Flanquons une balle à la sainte Russie,

> La matoise,
> La Russie des isbas,
> Au gros cul !

> Eh, eh, la sans croix !

3

Nos gars sont partis
Servir dans l'armée rouge,
Servir dans l'armée rouge —
Risquer leurs folles têtes !
Eh! toi! douleur amère,
Douce vie !
Capote en haillons,
Fusil autrichien !

Pour le malheur de tous les bourgeois
Un incendie mondial nous allumerons !
Un incendie mondial plein de sang —
Et que Dieu nous bénisse !

4

La neige tourbillonne, le likhatche crie,
Vagnka et Kat'ka filent,
Une petite lanterne électrique
    Aux brancards...
        Ah! ah! attention!..

    Avec sa capote de soldat,
    Et sa caboche d'imbécile,
    Il frise, frise sa moustache noire,
    Il la frise
    En blaguant...

    Voyez Vagnka — le gaillard!
    Voyez Vagnka — le beau parleur!
    Il embrasse Kat'ka-la-sotte,
    L'étourdit de son verbiage...

Et la tête renversée —
Ses dents brillent comme des perles...
Oh! Katia, ma Katia,
Ma petite gueule rondouillarde!

5

Sur ton cou, Katia,
La blessure du couteau n'est pas guérie.
Sous ton sein, Katia,
La griffure est fraîche encore.

Eh, eh, danse un peu!
Tes petits pieds sont si jolis!

Dans la dentelle tu te pavanais...
Pavane-toi, pavane-toi!
Avec des officiers tu paillardais...
Paillarde encore, paillarde encore!

Eh, eh! paillardons,
Mon cœur vient de tressaillir.

De l'officier, Kat'ka, te souviens-tu —
Mon couteau ne l'a pas raté...
Ne t'en souviens-tu pas, choléra ?
N'as-tu pas la mémoire fraîche ?

    Eh, eh, rafraîchis-la
    Et couche-moi avec toi.

Des guêtres grises tu portais,
Du chocolat « Mignon » tu bouffais,
Avec des junkers tu noçais,
Avec la soldatesque tu marches maintenant !

    Eh, eh, faute toujours !
    Ton âme se soulagera !

6

... De nouveau le likhatche les croise,
Galope, hurle, vole et crie.

Arrête, Andrioukha, aide-moi!
Derrière, Petroukha, cours plus vite!...

Trakh-tararakh-takh-takh-takh takh!
La poussière de neige s'élève aux cieux...

Le likhatch et Vagnka sont en fuite...
Encore une fois, arme ton fusil!

Trakh-tararakh! Je vais t'apprendre,
Fils de putain,
A faire la noce avec la poule d'autrui!

Il a disparu, le lâche! Attends!
Je réglerai ton compte demain!

Et Kat'ka, où est-elle?... Elle est morte!
La tête traversée par une balle!

...Es-tu contente, Kat'ka? Ne dis mot...
Reste donc, charogne, sur la neige!..

Au pas révolutionnaire marchez!
L'ennemi inlassable veille!

7

Et de nouveau les douze marchent
Fusil à l'épaule.

Mais, tourmenté et pâle,
Un mouchoir autour du cou,
Le pauvre assassin,
Toujours plus vite,
Presse ses pas —
Et n'arrive pas à se remettre.

— Tu n'es pas gai, camarade !
Perds-tu courage, mon vieux ?
— Et pourquoi, Petrouchka, baisses-tu le nez ?
Serait-ce Kat'ka que tu regretterais ?

Ah ! camarades, mes chers,
J'aimais cette fille...

Des nuits noires, des nuits d'ivresse,
J'ai passé avec cette garce.

Pour l'audace franche
De ses yeux de feu,
Pour le grain de beauté
De son épaule droite, —
Je l'ai perdue, insensé!
Je l'ai perdue dans ma rage...

— T'voilà, salaud, à tourner la manivelle!..
Es-tu donc une femme, Pet'ka?
Ou mon âme à l'envers
Tu veux me retourner? Quoi?..
Maintiens-toi!
Prends garde à toi!

Le moment n'est pas propice
Pour te dorloter ici.
Nous aurons des temps plus rudes,
Mon cher camarade!

Et Petrouchka ralentit
Son pas précipité,

Relève la tête,
Redevient plus gai...

Eh! eh!
S'amuser n'est pas un péché!

Fermez vos portes —
Il y aura aujourd'hui du pillage!

Ouvrez vos caves —
Les gueux font aujourd'hui la noce!

8

Oh, malheur — malheureux!
Ennui ennuyeux,
Mortel!

Mon petit temps
Je vais passer, le passer...

Le dessus de ma tête
Je vais gratter, le gratter...

Des grains de tournesol
Je vais écosser, écosser...

Avec mon couteau
Je vais frapper, je vais frapper !...

Vole donc, bourgeois, comme un moineau :
Ton petit sang je boirai,
Pour ma belle,
Pour ma belle aux sourcils noirs...

Laisse en paix, Seigneur,
L'âme de ton esclave fidèle...

Quel ennui !

9

Plus de rumeur dans la ville,
Le silence règne sur la tour Nevsky,
Et plus un sergent de ville.
Faisons donc, frères, la noce sans vin !

Le bourgeois se tient au carrefour,
Le nez caché dans son collet,
Et, contre lui, la queue entre les jambes,
Un chien galeux frotte son poil rêche.

Et le bourgeois, tel un chien affamé,
Reste placide comme un problème.
Et le vieux monde, comme un chien perdu,
Se tient derrière, la queue entre les jambes.

10

Comme la tempête s'est déchainée!
   Oh, tempête, tempête !
A quatre pas,
   On ne se voit pas.

La neige tourbillonne,
La neige s'élève en petites colonnes.

— Oh! quel vent violent, Sauveur...
— Pet'ka ! Eh! ne radote pas !
De quoi t'a-t-elle sauvé
L'iconostase dorée ?
Tu es un inconscient, vraiment —
Raisonne donc, réfléchis bien —
N'as-tu pas du sang aux mains
Pour l'amour de Kat'ka ?
— Au pas révolutionnaire, marche,
L'ennemi inlassable est proche.

   En avant! en avant! en avant!
   Peuple ouvrier !

11

... Sans le saint nom, ils marchent
Tous les douze, au loin —
        Prêts à tout,
        N'épargnant rien...

Leurs petits fusils d'acier
Braqués sur l'ennemi invisible —
Dans les ruelles désertes —
Où la pourga soulève la neige —
Et dans les tas duveteux
On tire avec peine les pieds...

        Devant les yeux flotte
        Un drapeau rouge;

        Un pas cadencé
        Résonne;

        Attention!
        L'ennemi féroce veille.

Et la tempête leur jette la neige aux yeux
        Nuits et jours
        Entiers...

            En avant! en avant!
            Peuple ouvrier !

12

...D'un pas souverain, ils marchent au loin...
        Qui va là ? Approche !
        Seul, le vent
        Joue avec le drapeau rouge...
        Et un tas de neige devant...
        Qui vive ? Hors du tas !

    Il n'y a que le chien perdu, chien famélique
        Boitant derrière.

        Fiche-nous la paix, teigneux,
        Ou je te chatouillerai de ma baïonnette !

Vieux monde, chien galeux,
Croule ! ou je te cogne !

Comme un loup affamé, il montre les dents,
La queue entre les jambes, sans les lâcher.
— Chien famélique, chien perdu,
Eh, réponds ! Qui vive ?

— Qui donc là-bas, brandit le drapeau ?
Regarde-moi ça, — quelles ténèbres !
Qui, là-bas, d'un pas précipité, court,
Se cachant derrière les maisons ?

N'importe, je t'aurai !
Te rendre, ça vaudrait mieux !
Eh ! camarade, ça tournera mal !
Approche ! ou nous tirons !

Trakh-takh-takh ! Seul l'écho
Répond au loin.

Seule la tempête, à longs éclats,
        Rit dans la neige

        Trakh-takh-takh!
        Trakh-takh-takh!

    ... Ainsi, ils marchent, d'un pas souverain.
        Derrière eux, un chien affamé.
    Devant eux, avec un drapeau ensanglanté,
        Invisible dans la tempête,
        Invincible sous les balles,
    Cheminant léger dans le tourbillon,
        D'un pas plané, en cadence,
        Couronné de roses blanches,
        A leur tête s'avance
    Jésus-Christ.

Janvier 1918.

ACHEVÉ D'IMPRIMER
LE QUATORZE AVRIL
MIL NEUF CENT VINGT
SUR LES PRESSES DE
L'IMPRIMERIE «UNION»
46, BD. SAINT-JACQUES
PARIS